neue frau

herausgegeben von Angela Praesent

und

Gisela Krahl

*Alice Walker*

# IHR BLAUER KÖRPER IST ALLES WAS WIR KENNEN

*Aus den Gesammelten Gedichten 1965–1990*

*Band I*

*Englisch–Deutsch*

rororo

*Rowohlt*

Die Originalausgabe erschien unter
dem Titel «Her Blue Body Everything We Know»
1991 bei Harcourt Brace Jovanovisch,
Publishers, Orlando, Florida
Deutsch von Gerhard Döhler
Umschlaggestaltung Nina Rothfos

Deutsche Erstausgabe
Veröffentlicht im Rowohlt Taschenbuch Verlag GmbH,
Reinbek bei Hamburg, November 1993

Gesetzt aus der Palatino/Walbaum (Linotronic 500)
Gesamtherstellung Clausen & Bosse, Leck
Printed in Germany
1290-ISBN 3 499 13256 7

# IHR BLAUER KÖRPER
# IST ALLES WAS WIR KENNEN

Always to You
Beautiful One
From whom
I have come.
And to whom
I shall happily
Return.

Immer für Dich
Schöner Einziger
Von dem
Ich gekommen bin.
Und zu dem
Ich glücklich
Zurückkehren werde.

# VORWORT

Überrascht stelle ich fest, daß ich seit fünfundzwanzig Jahren Gedichte geschrieben und veröffentlicht habe. Wofür ich der Lyrik Dank schulde. Da ich über meine und der Welt Mängel so oft verzweifelt war, besonders als Kind, als Heranwachsende und junge Erwachsene, nahm ich an, daß ich mit Dreißig Selbstmörderin sein würde.

Zum Glück kann ich berichten, daß dem nicht so war. Durch die Schwermut, die auf mir lastete, drangen immer wieder wie Sonnenstrahlen Gedichte. Unzählige Male haben mir diese leuchtenden, ungerufenen Fremden aus dem tiefsten Ozean in mir und von seinen fernsten Küsten das Leben gerettet.

Achte darauf, sagten sie, der grüne Baum, den du von deinem Strick aus siehst, wächst in *dir*. Der reißende Fluß, in dem du dich ertränken möchtest, fließt in *dir*. Das Herz, daß du bei deiner Schwester, deinen Mitmenschen vermißt, schlägt in *dir*.

Immer wieder bin ich ins Leben zurückgestiegen auf einer Leiter aus Worten, die aber letztlich das Unerforschliche gefügt hatte. Mit Hilfe der Lyrik habe ich überlebt, um in mir meine eigene «unbesiegbare Sonne» zu finden.

In anhaltendem Vertrauen auf die ehrliche Hilfe, die mir die Lyrik bedeutete, habe ich in dem, was ich geschrieben habe, kaum etwas gestrichen oder verändert, auch wenn die Versuchung manchmal groß war. Das junge Ich, das naive, promiske Ich, das kranke oder selbstzerstörerische Ich, das wütende und gekränkte Ich – sie erscheinen nun doppelt verletzlich, im Licht der mir unerwartet geschenkten Jahre und der Erfahrung, die sie mir eintrugen. All diese Ichs lasse ich zärtlich gelten, so zärtlich, wie die Lyrik mich gelten ließ. Das Gedicht, die Welt und ich (und Sie) sind eins. In dem Augenblick, in dem wir uns begegnen, halten Sie dieses Buch in der Hand.

Out of Unknowing
and Sacrifice
we come
bearing our wonders
our wounds
and our gifts.

> (Aus Unwissen
> und Opfer
> kommen wir
> beladen mit unseren Wundern
> unseren Wunden
> und unseren Gaben.)

# ES WAR EINMAL

There were Palm trees
  palmed
  against
  the sky

  and warthogs
  waving flags.

Es gab Palmen-
  fächer
  gegen
  den Himmel

  und Warzenschweine
  Fahnen schwenkend.

Dies ist eines der Gedichte, die ich nicht in meine erste Gedichtsammlung *Es war einmal* aufgenommen habe. Es bleibt ein dauerhafter «Schnappschuß» aus Ostafrika, wohin ich im Sommer 1965 reiste, um in Kenia beim Bau einer Schule zu helfen. Alle Gedichte des Bandes schrieb ich in Afrika, während ich unter einem Baum saß und auf den Mount Kenya blickte, oder am Sarah Lawrence College in New York, wo ich mein letztes Studienjahr absolvierte. Während ich reiste, mußte ich meine Habseligkeiten oft bei Verwandten und Freunden lassen. So verlor ich das kleine blaue Notizbuch mit dem obenstehenden Gedicht und weiteren, an die ich mich leider nicht wörtlich erinnere. Aber ein Gedicht aus dieser Zeit ist erhalten, das ich schrieb, als ein Freund mich darauf aufmerksam machte, daß ich den ersten Teil nicht «Afrikanische Bilder, Blicke vom Tigerrücken» nennen könne, denn, wie er sagte: «Es gibt keine Tiger in Afrika!»

There are no tigers
in Africa!
You say.
Frowning.
Ja. I say.
Smiling.
But they are
very beautiful.

(Es gibt keine Tiger
in Afrika!
Sagst du.
Stirnrunzelnd.
Ja. Sage ich.
Lächelnd.
Aber sie sind
sehr schön.)

# AFRIKANISCHE BILDER

*Blicke vom Tigerrücken*

*Für Howard Zinn*

*Armut war kein Unglück für mich. Sie wurde stets durch die Fülle an Licht aufgewogen… Zur Korrektur einer angeborenen Gleichgültigkeit wurde ich auf halbem Wege zwischen dem Elend und der Sonne abgesetzt. Das Elend bewahrte mich davor zu glauben, alles unter der Sonne sei gut, und die Sonne lehrte mich, Geschichte sei nicht alles.*
*In mir fand ich eine unbesiegbare Sonne.*

Albert Camus, *De l'envers et l'endroit*

morning mists
On the road
an Elephant
He knows
his rights.

Morgendunst
Auf der Straße
ein Elefant
Er weiß
um seine Rechte.

A young man
Puts a question
In his language
I invariably
End up
Married.

Ein junger Mann
Richtet in seiner Sprache
Eine Frage an mich
Jedesmal
Bin ich danach
Verheiratet.

«America!?» «Yes.»
«But you are like
my aunt's cousin
who married so-and-so.»
«Yes, (I say), I know.»

«Amerika!?» «Ja.»
«Aber du bist wie
die Cousine meiner Tante
die den so-und-so geheiratet hat.»
«Ja, (sage ich), ich weiß.»

On my knees
The earringed lady
Thinks I'm praying
She drops her sisal
and runs

Ich auf den Knien
Die Dame mit den Ohrringen
Meint ich bete
Sie läßt ihren Sisal fallen
und rennt

The man in the
Scarlet shirt
Wanted to talk
but had no words –
I had words
but no Scarlet
Shirt.

Der Mann im
Scharlachroten Hemd
Wollte reden
hatte aber keine Worte –
Ich hatte Worte
aber kein Scharlachrotes
Scarlet-Hemd.

floating shakily down the
nile
on my rented raft
I try to be a native
queen
a prudent giraffe
on the bank
turns up
his nose.

Schwankend
den Nil hinuntertreibend
auf meinem gemieteten Floß
versuche ich eine eingeborene
Königin zu sein
eine kluge Giraffe
am Ufer
rümpft
die Nase.

To build a house
One needs mud
and sisal
And friendly
Neighbors.

Um ein Haus zu bauen
Braucht man Lehm
und Sisal
Und freundliche
Nachbarn.

A crumbling
hut . . .
in the third
room
a red chenille
bedspread
(by Cannon)
a cracked
jar
of violet
    lilies
    (by?)

Eine zerfallende
Hütte
im dritten
Raum
ein roter Chenille-
bettüberwurf
(Entwurf: Cannon)
ein gesprungener
Krug
mit violetten
    Lilien
    (Entwurf?)

The native women
thought me
strange
until
they
saw me follow you
to your hut.

Die eingeborenen Frauen
fanden mich
befremdlich
bis
sie
mich dir folgen sahen
zu deiner Hütte.

The American from
Minnesota
Speaks Harvardly
of Revolution –
Men of the Mau Mau
Smile
Their fists
holding
Bits of
Kenya earth.

Der Amerikaner aus
Minnesota
spricht Harvard-haftig
über Revolution –
Männer der Mau Mau
Lächeln
Ihre Fäuste
umschließen
Krumen von
Kenia-Erde.

The bearded Briton
Wears a shirt of
Kenya flags
I am at Home
He says.

Der bärtige Brite
Trägt ein Hemd aus
Kenia-Flaggen
Ich bin zu Hause
Sagt er.

Explain to the
Women
In the village
That you are
Twenty
And belong
To no one.

Erklär mal den
Frauen
Im Dorf
Du bist
Zwanzig
Und gehörst –
Keinem.

**KARAMOJONGS**
A tall man
Without clothes
Beautiful
Like a statue
Up close
His eyes
Are running
Sores

KARAMOJONGS
Ein großgewachsener Mann
Ohne Kleidung
Schön
Wie eine Statue
Von nahem
Sind seine Augen
Eiternde
Wunden

The Noble Savage
Erect
No shoes on his
feet
His pierced ears
Infected.

Der edle Wilde
Von aufrechtem Gang
Ohne Schuhe
Seine Füße
Seine durchbohrten Ohren
Entzündet.

«Quite incredible –
your hair-do is
most divine –
Held together
With *cow* dung?
You mean – – –?!»
The lady stares
At her fingers.

«Ganz unglaublich –
deine Frisur
ist absolut himmlisch –
Zusammengehalten mit
*Kuh*mist?
Heißt das – – –?!»
Die Dame starrt
Auf ihre Finger.

A proper English meal
Near the mountains
«More tea, please.»
Down the street
A man walks
Quite completely
Nude.

Eine richtige englische Mahlzeit
Nah dem Gebirge
«Noch etwas Tee, bitte.»
Auf der Straße
Geht ein Mann vorbei
Der völlig
Nackt ist.

Bare breasts loose
In the sun
The skin cracked
The nipples covered
With flies
But she is an old
Woman
What? – twenty?

Nackte schlaffe Brüste
In der Sonne
Rissige Haut
Die Brustwarzen übersät
Mit Fliegen
Aber sie ist eine alte
Frau
Was? – Zwanzig?

How bright the little
girl's
Eyes were!
a first sign of
Glaucoma.

Wie hell die Augen des
kleinen Mädchens
leuchteten!
das erste Anzeichen von
grünem Star.

The Karamojongs
Never civilized
A proud people
I think there
Are
A hundred left.

Die Karamojongs
Nie zivilisiert
Ein stolzes Volk
Ich glaube es sind
noch
hundert übrig.

## ONCE

It is true –
I've always loved
the daring
                    ones
Like the black young
man
Who tried
to crash
All barriers
at once,
        wanted to
swim
At a white
beach (in Alabama)
Nude.

## ES WAR EINMAL

Es ist wahr –
Schon immer
hab ich die Kühnen
    geliebt
Wie jenen schwarzen jungen
Mann
Der versuchte
alle Schranken
auf einmal
einzurennen
    und
an einem weißen
Strand (in Alabama)
schwimmen wollte
nackt.

Someone said
to
me
that
if
the South
rises
again
it will do so
«from
the grave.»

Someone
else
said
if the South
rises
again
he would
«step on
it.»

Jemand sagte
zu
mir
daß
der Süden
wenn
er sich
noch einmal erhebt
es «aus
dem Grabe heraus» tun wird.

Jemand
anderes
sagte
wenn der Süden
sich noch einmal
erhebt
würde er
«darauf
treten».

Dick Gregory
said that
if the
South
rises
again
there is
a
secret
plan.

But I say ---
if the
South
rises
again
It will not
do
so
in my presence.

Dick Gregory
sagte daß
wenn der
Süden
sich noch einmal
erhebt
ein geheimer
Plan
dahintersteht.

Aber ich sage –
wenn der
Süden
sich noch einmal
erhebt
wird er es nicht
in
meiner
Gegenwart tun.

When I am here again
the years of ease between
fall away
The smell of one
magnolia
sends my heart running
through the swamps.

Sobald ich wieder hier bin
verschwinden
die leichten Jahre dazwischen
Der Duft einer einzigen
Magnolie
hetzt mein Herz
durch die Sümpfe.

an old mistress
of my mother's
gives me
bloomers for christmas
ten sizes
too big
her intentions are
good my father
says
but typical –
neither the color
she knows
nor the
number.

eine alte Chefin
meiner Mutter
schenkt mir
Schlüpfer zu Weihnachten
zehn Nummern
zu groß
ihre Absichten sind
gut
sagt mein Vater
aber typisch –
weder die Farbe
kennt sie
noch die
Größe.

## THE DEMOCRATIC ORDER: SUCH THINGS IN TWENTY YEARS I UNDERSTOOD

My father
(back blistered)
beat me
because I
could not
stop crying.
He'd had
enough ‹fuss›
he said
for one damn
voting day.

## DIE DEMOKRATISCHE ORDNUNG: DERLEI DINGE HABE ICH IN ZWANZIG JAHREN VERSTANDEN

Mein Vater
(mit Blasen auf dem Rücken)
schlug mich
weil ich
nicht aufhören konnte
zu weinen.
Er habe
genug ‹Aufstand›
gehabt
für einen verfluchten
Wahltag.

## THE ENEMY

in gray, battle-scarred Leningrad
a tiny fist unsnapped to show
crumpled heads
of pink and yellow flowers
snatched hurriedly on the go
in the cold spring shower – – –

consent or not
countries choose
cold or hot
win or lose
to speak of wars
yellow and red
but there is much
let it be said
for children.

## DER FEIND

im grauen, kriegsgezeichneten Leningrad
klappt eine winzige Hand auf und zeigt
schrumplige Köpfe
von rosa und gelben Blumen
im Vorübergehen hastig gepflückt
im kalten Frühlingsregen – – –

ob einig oder nicht
Länder wählen
kalt oder heiß
gewinnen oder verlieren
was Kriege angeht
gelb oder rot
aber für Kinder
es sei gesagt
spricht vieles.

## WHAT OVID TAUGHT ME

What does it matter? you ask
  If protocol
      falls
    After artichokes
      and steak,
        Vivaldi
          and
        No
      Wine

For God's sake
Let's not be traditional!

        But I,
      Unused bed
        All tousled
    Sing nursery rhymes
      Chant
        Strange
          Chants

## WAS OVID MICH LEHRTE

Was macht es schon? fragst du
    Wenn die Etikette
            abblättert
        Nach Artischocken
            und Steak,
                Vivaldi
                    und
                keinem
            Wein.

Wir wollen doch um Himmels willen
Nicht traditionell sein!

        Ich jedoch,
    bei unbenutztem Bett
    ganz zerwühlt
Singe Wiegenlieder
    Summe
        Sonderbare
                Laute

Count stray insects
On the ceiling
and
Wonder –

Why don't you shut up and
get in?

Zähle vereinzelte Insekten
An der Decke
und
Frage mich –
Warum hältst du nicht den Mund und
steigst ein?

## MORNINGS / *of an impossible love*

On the morning you woke beside me – already thinking of going away – the sun did not fill my window as it does most mornings. Instead there was cloud and threat of snow. How I wish it could always be this way – that on mornings he cannot come himself, the sun might send me you.

## MORGENSTUNDEN / *einer unmöglichen Liebe*

An dem Morgen, als du neben mir wach wurdest – und schon ans Fortgehen dachtest – füllte die Sonne nicht wie morgens zumeist mein Fenster. Statt dessen waren Wolken darin und die Drohung von Schnee. Wie ich doch wünschte, so könnte es immer sein – daß die Sonne mir morgens, wenn sie nicht selber kommen kann, dich schickt.

Watching you frown at your face in the mirror this morning I almost thought you disapproved of the little dark shadow standing behind you its arms around your waist . . .

Als ich dich heute morgen stirnrunzelnd dein Spiegelbild betrachten sah, meinte ich fast, der kleine schwarze Schatten, der dir von hinten seine Arme um die Hüften geschlungen hatte, mißfalle dir...

Two mornings ago you left my little house. Only two steps from my fingers & you were gone, swallowed down swiftly by my spiral stairs . . .

Vor zwei Tagen hast du morgens mein kleines Haus verlassen. Zwei Schritte fort von meinen Fingern & weg warst du, rasch verschluckt von meiner Wendeltreppe …

Why do you wish to give me over to someone else? «Such and such young man you're sure to like» you say «for he is a fine, cheerful fellow, very sensitive» and one thing and another. Sometimes it is as if you'd never listened to my heartbeat, never heard my breathing in your ear, never seen my eyes when you say such things. . . .

Warum willst du mich einem anderen übergeben? «Den jungen Soundso magst du bestimmt», sagst du, «denn er ist ein feiner, heiterer, sehr sensibler Kerl», und was sonst noch. Es ist manchmal, als hättest du nie auf mein Herz gehört, nie meinen Atem im Ohr gehabt, nie meine Augen gesehen, wenn du solche Dinge sagst...

This is what you told me once. Must I believe you? «We are really Easterners, you and I. The rising of the Sun brings with it our whole Philosophy.»

Dies hast du mir einmal gesagt. Muß ich dir glauben? «Wir beide sind wirklich Menschen des Ostens. Die aufgehende Sonne bringt unsere ganze Lebensanschauung zum Vorschein.»

## SO WE'VE COME AT LAST TO FREUD

Do not hold my few years
against me
In my life, childhood
was a myth
So long ago it seemed, even
in the cradle.

Don't label my love with slogans;
My father can't be blamed
for my affection
Or lack of it;
ask him.
He won't understand you.

Don't sit on holy stones
as you,
Loving me
and hating me, condemn.
There is no need for that.

I like to think that I, though
young it's true,

## SO SIND WIR SCHLIESSLICH DOCH BEI FREUD

Halte mir nicht meine jungen Jahre
entgegen
In meinem Leben war die Kindheit
ein Märchen
So lange schien sie zurückzuliegen, schon
in der Wiege.

Kleb keine Schlagworte auf meine Liebe;
Mein Vater ist nicht zu tadeln
für meine Gefühle
Oder deren Mangel:
frag ihn.
Er wird dich nicht verstehen.

Hock nicht auf heiligen Steinen
nur um,
mich liebend
und mich hassend, zu verdammen.
Das muß nicht sein.

Ich nehme gern an, daß ich
so jung ich bin

Know what
I'm doing.

That I, once unhappy, am
Now
Quite sanely
jubilant,
& that neither you
Nor I can
Deny
That no matter how
«Sick»
The basis
is
Of what we have,
What we *do* have
Is Good.

Weiß, was ich tue.

Daß ich, einst unglücklich,
Nun
Ganz bei Sinnen
                                        jubiliere,
& daß weder du
Noch ich
Leugnen können:
Egal wie
«Krank»
an der Basis
ist
was wir haben,
Wir haben es
GUT.

## WARNING

To love a man wholly
love him
feet first
        head down
        eyes cold
        closed
in depression.

It is too easy to love
a surfer
white eyes
godliness &
                bronze
in the bright sun.

## WARNUNG

Um einen Mann ganz zu lieben
liebe ihn
Füße vorweg
        hängenden Kopfs
        die Augen kalt
        geschlossen
in Niedergeschlagenheit.

Es ist zu einfach
einen Surfer zu lieben
weiße Augen
Göttlichkeit &
                        Bronze
bei strahlender Sonne.

## THE BLACK PRINCE

Very proud
he barely asked directions
to a nearby
hotel
    but no
    tired-eyed
    little village chief
    should spend his
    first night
    in chilly London
    alone.

## DER SCHWARZE PRINZ

So stolz
daß er kaum nach dem Weg
zu einem nahen
Hotel fragte
    doch kein
    kleiner Dorfhäuptling
    mit Schlaf in den Augen
    sollte seine erste Nacht
    im eisigen London
    allein verbringen.

## MEDICINE

Grandma sleeps with
my sick
grand-
pa so she
can get him
during the night
medicine
to stop
the pain

In
the morning
clumsily
I
wake
them

Her eyes
look at me
from under-
neath
his withered
arm

ARZNEI

Großmama schläft bei
meinem kranken
Groß-
papa damit sie
ihm in der Nacht
Arznei geben kann
gegen die Schmerzen

Am
Morgen
wecke
ich
sie
ungeschickt

Ihre Augen
gucken mich
unter
seinem welken
Arm hervor
an

The
medicine
is all
in
her long
un-
braided
hair.

Die
Arznei
steckt ganz
in
ihrem langen
ent-
flochtenen
Haar

## SUICIDE

First, suicide notes should be
(not long) but written
second,
all suicide notes
should be signed
in blood
by hand
and to the point –
that point being, perhaps,
that there is none.
Thirdly, if it is the thought
of rest that
fascinates
laziness should be admitted
in the clearest terms.
Then, all things done
ask those outraged
consider their happiest
summer
& tell if the days it
adds up to
is one.

## SELBSTMORD

Erstens sollten Abschiedsbriefe
(nicht lang) aber geschrieben werden
zweitens
sollten alle Abschiedsbriefe
mit Blut
handschriftlich
gezeichnet sein
und auf den Punkt kommen –
den Punkt vielleicht,
daß es keinen gibt.
Drittens, falls das Faszinierende
der Gedanke
an Ruhe ist,
sollte aufs klarste
die Faulheit eingestanden werden.
Ist dann alles getan,
fordere die Empörten auf
an ihren glücklichsten
Sommer zu denken
& und zu (er)zählen, ob die Summe
der bleibenden Tage
einen ergibt.

## EXERCISES ON THEMES FROM LIFE

I

Speaking of death
and decay
It hardly matters
Which
Since both are on the
way, maybe –
to being daffodils.

## ÜBUNGEN ZU THEMEN AUS DEM LEBEN

I

Ob man von Tod
oder Verwesung spricht
es kommt kaum
drauf an
Denn beide liegen auf dem
Weg, vielleicht –
hin zu Narzissen.

II

*It is not about that*
a poet I knew used
to say
speaking with haunted eyes
of liking and disliking –
Now I think
uncannily
of life.

11

*Darum geht es nicht*
pflegte ein Dichter den ich kannte
zu sagen
wenn er mit gequältem Blick
von Zuneigung und Abneigung sprach –
Nun meine ich
unheimlicherweise
vom Leben.

III

My nausea has nothing
to do
With the fact that
you love me
It is probably just
something I ate
at your mother's.

III

Meine Übelkeit hat nichts
zu tun
Mit dem Umstand daß
du mich liebst
wahrscheinlich nur mit
etwas das ich bei deiner Mutter
gegessen habe.

# REVOLUTIONÄRE PETUNIEN & ANDERE GEDICHTE

1966 verließ ich meinen Job bei der Sozialbehörde von New York und kehrte in den Süden zurück, nach Mississippi, um mich bei der Wähler-Registrierungskampagne zu beteiligen. Beinahe sofort verliebte ich mich in einen einfühlsamen jungen, jüdischen Jurastudenten namens Mel Leventhal, der ebenfalls an der Kampagne teilnahm. Im folgenden Jahr heirateten wir in New York, kurz bevor «gemischtrassige» Ehen im Süden legalisiert wurden; wir gingen nach Mississippi zurück, um dort für die nächsten sieben Jahre zu leben. Unsere Tochter wurde dort geboren.

Es war eine Zeit intensiver Freundschaften, Leidenschaften und Liebschaften zwischen den Menschen, die in den Süden kamen (oder dort lebten) und alles aufs Spiel setzten, um ein unterdrückendes, rassistisches System zu verändern; doch mit den Jahren verbreitete sich unter den gleichen Leuten Mißtrauen, Haß und Intoleranz.

Die folgenden Gedichte spiegeln meine Freude wider, noch einmal in einer südlichen afroamerikanischen Umgebung zu sein, wie auch meine zunehmende Erkenntnis, daß der wahrhaftigste Kampf um die Veränderung der Welt im Inneren beginnen muß. Die Blumen und Bäume, die ich gepflanzt habe, haben mich unzählige Male vor Verzweiflung gerettet.

*Diese Gedichte handeln von Revolutionären und Liebenden; und vom Verlust von Mitgefühl, Vertrauen und der Fähigkeit, sein Herz zu öffnen, was das Ende hoffnungsträchtiger Bewegungen kennzeichnet. In der Liebe wie in der Politik. Sie sprechen auch von (und zu) jenen wenigen gewappneten Seelen, die selbst angesichts der schießenden Meute unter Schmerzen der Schönheit und Liebe die Treue halten.*

*In Demut George Jackson gewidmet, der «manchmal noch lächeln» konnte... Dessen Augen bis zum Ende menschlich blieben; dessen Gesicht entschlossen, unbesiegt und freundlich war.*

*Und meinen Helden, Heldinnen und Freunden aus den frühen Tagen des SNCC, deren Tapferkeit und Anmut mich für immer formten.*

*Und der Mississippi-Delta-Legende Bob Moses.*

*Und für Winson Hudson und Fannie Lou Hamer, deren Kraft und Mitgefühl ich hochschätze.*

*Und für meinen Freund Charles Merrill, den Künstler, der Himmel malt.*

*Und für Mel, den Vater, der täglich mit mutigem Herzen kämpft und liebt.*

# IN DIESEN UNSTIMMIGEN ZEITEN

*Unsere Vorfahren anzuerkennen bedeutet, daß uns bewußt ist, daß wir uns nicht selbst geschaffen haben, daß die Ahnenlinie weit zurückreicht, vielleicht bis zu Gott; oder zu Göttern. Wir gedenken ihrer, weil es so einfach ist zu vergessen: daß wir nicht die ersten sind, die leiden, sich empören, kämpfen, lieben und sterben. Die Anmut, mit der wir das Leben anstatt der Schmerzen und Sorgen umarmen, ist immer ein Maß für das, was vorhergegangen ist.*

## IN THESE DISSENTING TIMES

I shall write of the old men I knew
And the young men
I loved
And of the gold toothed women
Mighty of arm
Who dragged us all
To church.

## IN DIESEN UNSTIMMIGEN ZEITEN

Will ich von den alten Männern schreiben die ich kannte
Und den jungen Männern
Die ich liebte
Und von den Frauen mit Goldzähnen
Die uns alle
Mit mächtigen Armen
Zur Kirche schleppten.

I

## THE OLD MEN USED TO SING

The old men used to sing
And lifted a brother
Carefully
Out the door
I used to think they
Were born
Knowing how to
Gently swing
A casket
They shuffled softly
Eyes dry
        More awkward
With the flowers
Than with the widow
After they'd put the
Body in
And stood around waiting
In their
Brown suits.

I

## DIE ALTEN MÄNNER SANGEN

Die alten Männer sangen
Und trugen einen Bruder
Sorgsam
Durch die Tür
Ich dachte immer
Sie wären geboren
Mit dem Wissen wie man
Einen Sarg
Sanft wiegt
Leise schlurfend
Trockenen Auges
Ungeschickter
Mit den Blumen
Als mit der Witwe
Nachdem sie den Leichnam hatten
Wo er hingehörte
Und wartend
In ihren braunen Anzügen
Zu Diensten standen.

## II
## WINKING AT A FUNERAL

Those were the days
Of winking at a
Funeral
Romance blossomed
In the pews
Love signaled
Through the
Hymns
What did we know?

Who smelled the flowers
Slowly fading
Knew the arsonist
Of the church?

II

## ZWINKERN BEI EINER BEERDIGUNG

Das waren die Zeiten
Des Gezwinkers bei
Beerdigungen
Romanzen erblühten
In den Kirchenbänken
Liebe funkte
Während der
Lobgesänge
Was wußten wir?

Wer roch den Duft
Welkender Blumen
Kannte den Brandstifter
Der Kirche?

III
WOMEN

They were women then
My mama's generation
Husky of voice – Stout of
Step
With fists as well as
Hands
How they battered down
Doors
And ironed
Starched white
Shirts
How they led
Armies
Headragged Generals
Across mined
Fields
Booby-trapped
Kitchens
To discover books
Desks

## III
## FRAUEN

Das waren Frauen damals
Die Generation meiner Mutter
Mit deftiger Stimme – stämmigem
Schritt
Mit Händen die auch
Fäuste waren
Wie sie Türen
Zertrümmerten
Und gestärkte weiße
Hemden
Plätteten
Wie sie
Kopftuchgeneräle
Armeen
Durch verminte
Felder führten
Küchen
Sprengten
Um Bücher zu entdecken
Schreibtische

A place for us
How they knew what we
*Must* know
Without knowing a page
Of it
Themselves.

Einen Platz für uns
Wie sie wußten was wir
Wissen *mußten* ohne
Selbst eine Seite
Davon
Zu kennen.

## IV
## THREE DOLLARS CASH

Three dollars Cash
For a pair of catalog shoes
Was what the midwife charged
My mama
For bringing me.
«We wasn't so country then,» says Mom,
«You being the last one –
And we couldn't, like
We done
When she brought your
Brother,
Send her out to the
Pen
And let her pick
Out
A pig.»

## IV

## DREI DOLLAR BAR

Drei Dollar bar
Für ein Paar Versandhausschuhe
Berechnete die Hebamme
Meiner Mutter dafür
Mich auf die Welt zu holen.
«So ländlich waren wir nicht mehr», sagt Mama,
«Als du als letzte kamst –
Und konnten sie nicht wie davor,
Als sie deinen Bruder
Brachte,
Rausschicken
In den Stall
Und sich ein Schwein
Aussuchen lassen.»

V

## YOU HAD TO GO TO FUNERALS

You had to go to funerals
Even if you didn't know the
People
Your Mama always did
Usually your Pa.
In new patent leather shoes
It wasn't so bad
And if it rained
The graves dropped open
And if the sun was shining
You could take some of the
Flowers home
In your pocket
book. At six and seven
The face in the gray box
Is always your daddy's
Old schoolmate
Mowed down before his
Time.
You don't even ask
After a while
What makes them lie so

## V

## ZU BEERDIGUNGEN MUSSTEST DU GEHEN

Zu Beerdigungen mußtest du gehen
Auch wenn du die Leute nicht
Kanntest
Deine Mama ging immer
Meistens dein Pa.
In neuen Lackschuhen war's
Gar nicht so schlimm
Und wenn's regnete
Gingen die Gräber auf
Und wenn die Sonne schien
Konntest du ein paar von den
Blumen
In der Handtasche mit nach
Hause nehmen. Mit sechs und mit sieben
Ist das Gesicht in der grauen Kiste
Immer das von deines Daddys
Schulfreund
Vor der Zeit
Hinweggerafft.
Nach einer Weile
Fragst du nicht mal mehr
Warum sie so

Awfully straight
And still. If there's a picture of
Jesus underneath
The coffin lid
You might, during a boring sermon.
Without shouting or anything,
Wonder who painted it;

And how *he* would like
All eternity to stare
It down.

Furchtbar gerade
Und still daliegen. Wenn's ein Bild
Von Jesus unter
Dem Sargdeckel gibt
Magst du dich während einer öden Predigt
Ohne heiße Zwischenrufe oder sonstwas
Fragen wer es gemalt hat;

Und wie es wohl *ihm* gefiele
Von und für alle Ewigkeiten
Angestarrt zu werden.

## VI
## UNCLES

They had broken teeth
And billy club scars
But we didn't notice
Or mind
They were uncles.
It was their *job*
To come home every summer
From the North
And tell my father
He wasn't no man
And make my mother
Cry and long
For Denver, Jersey City,
Philadelphia.
They were uncles.
Who noticed how
Much
They drank
And acted womanish

VI

## ONKEL

Sie hatten abgebrochene Zähne
Und Polizeiknüppelnarben
Aber wir merkten es nicht
Oder störten uns nicht dran
Sie waren Onkel.
Es war ihr Job
Jeden Sommer aus dem Norden
Heimzukommen
Und meinem Vater zu sagen
Er sei kein Mann
Und meine Mutter vor Sehnsucht
Nach Denver, Jersey City,
Philadelphia
Zum Weinen zu bringen.
Sie waren Onkel
Wer merkte wie
Viel
Sie tranken
Und wie weibisch sie sich gaben

With they do-rags
We were nieces.
And they were almost
Always good
For a nickel
Sometimes
a dime.

In ihren feinen Klamotten
Wir waren Nichten.
Und fast immer
Hatten sie
Einen Nickel übrig
Manchmal einen Dime

## FOR MY SISTER MOLLY WHO IN THE FIFTIES

Once made a fairy rooster from
Mashed potatoes
Whose eyes I forget
But green onions were his tail
And his two legs were carrot sticks
A tomato slice his crown
Who came home on vacation
When the sun was hot
and cooked
and cleaned
And minded least of all
The children's questions
A million or more
Pouring in on her
Who had been to school
And knew (and told us too) that certain
Words were no longer good
And taught me not to say us for we
No matter what «Sonny said» up the
road.

## FÜR MEINE SCHWESTER MOLLY DIE IN DEN FÜNFZIGER JAHREN

Einen Wundergockel
Aus Kartoffelbrei gebacken hat
Dessen Augenfarbe ich vergessen habe
Aber seine Schwanzfedern waren grüne Zwiebelhalme
Und seine Beine Karottenstäbchen
Eine Tomatenscheibe sein Kamm.
Die im Urlaub heimkam
Wenn die Sonne brannte
Und kochte
Und putzte
Und sich noch am wenigsten an
Den Millionen
Kinderfragen störte
Die auf sie niederprasselten
Die studiert hatte
Und wußte (und es uns auch sagte) daß
Bestimmte Wörter sich nicht mehr gehörten
Und mir beibrachte nicht *uns* für *wir* zu sagen
Egal was Nachbars Sonny
«Meinte».

## FOR MY SISTER MOLLY WHO IN THE FIFTIES

Knew Hamlet well and read into the night
And coached me in my songs of Africa
A continent I never knew
But learned to love
Because «they» she said could carry
A tune
And spoke in accents never heard
In Eatonton.
Who read from *Prose and Poetry*
And loved to read «Sam McGee from Tennessee»
On night the fire was burning low
And Christmas wrapped in angel hair
And I for one prayed for snow.

### WHO IN THE FIFTIES

Knew all the written things that made
Us laugh and stories by
The hour        Waking up the story buds
Like fruit. Who walked among the flowers
And brought them inside the house
And smelled as good as they
And looked as bright.
Who made dresses, braided
Hair. Moved chairs about
Hung things from walls
Ordered baths

## FÜR MEINE SCHWESTER MOLLY DIE IN DEN FÜNFZIGER JAHREN

Hamlet gut kannte und abends lange las
Und mir Gesänge aus Afrika beibrachte
Einem Kontinent den ich nicht kannte
Aber zu lieben lernte
Weil «sie» wie sie sagte
Einen Ton halten konnten
Und Dialekte redeten die man
In Eatonton noch nie gehört hatte.
Die aus *Prose and Poetry* vorlas
Und gern «Sam McGee aus Tennessee»
Wenn abends das Feuer niederbrannte
Und Engelshaar Weihnachten umhüllte
Und ich betete es solle schneien.

DIE IN DEN FÜNFZIGER JAHREN

Alles Geschriebene kannte das uns zum
Lachen brachte und Geschichten
Stundenlang        Deren Geschmack entfaltete
Wie den von Früchten. Die zu den Blumen ging
Und sie ins Haus brachte
Und so gut duftete
Und so leuchtete wie sie.
Die Kleider nähte, Haare
Flocht. Stühle verrückte
An die Wände Sachen hängte
Bäder verordnete

Frowned on wasp bites
And seemed to know the endings
Of all the tales
I had forgot.

### WHO OFF INTO THE UNIVERSITY

Went exploring      To London and
To Rotterdam
Prague and to Liberia
Bringing back the news to us
Who knew none of it
But followed
crops and weather
funerals and
Methodist Homecoming;
easter speeches,
*groaning* church.

### WHO FOUND ANOTHER WORLD

Another life      With gentlefolk
Far less trusting
And moved and moved and changed
Her name
And sounded precise
When she spoke      And frowned away
Our sloppishness.

Stirnrunzelnd Wespenstiche prüfte
Und offenbar das Ende
Aller Geschichten kannte
Die ich vergessen hatte.

### DIE UNIVERSITÄTEN ERKUNDETE

Und reiste Nach London und
Nach Rotterdam
Nach Prag und Liberia
Und Nachrichten von dort
Uns Ahnungslosen brachte
Die aber im Einklang lebten
Mit Ernten, Wetter,
Beerdigungen und
Methodistentreffen;
Osterreden,
Dem *Stöhnen* in der Kirche.

### DIE EINE ANDERE WELT FAND

Ein anderes Leben Unter feinen Leuten
Mit weit weniger Vertrauen
Und nie stillstand und ihren Namen
Änderte
Und präzis klang
Wenn sie sprach Und uns die Schlamperei
Stirnrunzelnd austrieb.

## WHO SAW US SILENT

Cursed with fear    A love burning
Inexpressible
And sent me money not for me
But for «College.»
Who saw me grow through letters
The words misspelled    But not
The longing    Stretching
Growth
The tied and twisting
Tongue
Feet no longer bare
Skin no longer burnt against
The cotton.

## WHO BECAME SOMEONE OVERHEAD

A light    A thousand watts
Bright and also blinding
And saw my brothers cloddish
And me destined to be
Wayward
My mother remote    My father
A wearisome farmer
With heartbreaking
Nails.

## DIE UNS STUMM SAH

Unter dem Fluch der Angst        In brennender Liebe
Wortlos
Und mir Geld nicht für mich
Sondern «fürs College» schickte.
Die mich in Briefen wachsen sah
Die Schreibweise falsch        Doch nicht
Das Sehnen        Strecken
Wachsen
Die stockende und zuckende
Zunge
Nicht mehr nackten Füße
Nicht mehr von Baumwolle
Gescheuerte Haut.

## DIE ZUM HÖHEREN WESEN WURDE

Zu einem Licht        Tausend Watt stark
Hell und auch blendend
Und meine Brüder tölpelhaft fand
Und mich dazu bestimmt
Aus der Art zu schlagen
Und meine Mutter unzugänglich        Meinen Vater
einen ermüdenden Farmer
Mit herzzerreißenden
Fingernägeln.

FOR MY SISTER MOLLY WHO IN THE FIFTIES

Found much
Unbearable
Who walked where few had
Understood        And sensed our
Groping after light
And saw some extinguished
And no doubt mourned.

FOR MY SISTER MOLLY WHO IN THE FIFTIES

Left us.

FÜR MEINE SCHWESTER MOLLY
DIE IN DEN FÜNFZIGER JAHREN

Vieles unerträglich
Fand
Die in Bereiche vordrang die noch wenige
Verstanden      Und unser Tasten
Nach Erleuchtung spürte
Und manche verlöschen sah
Und gewiß trauerte.

FÜR MEINE SCHWESTER MOLLY
DIE IN DEN FÜNFZIGER JAHREN

Von uns ging.

## REVOLUTIONARY PETUNIAS

Sammy Lou of Rue
sent to his reward
the exact creature who
murdered her husband,
using a cultivator's hoe
with verve and skill;
and laughed fit to kill
in disbelief
at the angry, militant
pictures of herself
the Sonneteers quickly drew:
not any of them people that
she knew.
A backwoods woman
her house was papered with
funeral home calendars and
faces appropriate for a Mississippi
Sunday School. She raised a George,
a Martha, a Jackie and a Kennedy. Also
a John Wesley Junior.

## REVOLUTIONÄRE PETUNIEN

Sammy Lou aus Rue
gab der Kreatur die
ihren Mann ermordet hatte
den gerechten Lohn,
sie gebrauchte die Gärtnerhacke
mit Schwung und Geschick;
und lachte sich fast tot
vor Unglauben
über das wütende, militante
Bild das die Federfuchser
schnell von ihr hatten:
von diesen Leuten kannte
sie nicht einen einzigen.
Eine hinterwäldlerische Frau
ihr Haus mit Begräbniskalendern
und Porträts tapeziert, einer Sonntagsschule
im Mississippi würdig.
Sie zog einen George, eine Martha,
eine Jackie und einen Kennedy groß. Auch
einen John Wesley Junior.

«Always respect the word of God,»
she said on her way to she didn't
know where, except it would be by
electric chair, and she continued
«Don't yall forgit to *water*
my purple petunias.»

«Haltet das Wort Gottes immer in Ehren»,
sagte sie auf ihrem Weg nach
wohin wußte sie nicht
nur daß sie der Elektrische Stuhl
hinbringen würde, und setzte hinzu:
«Vergeßt ihr bloß nicht, meine lila
Petunien zu *gießen.*»

## EXPECT NOTHING

Expect nothing. Live frugally
On surprise.
Become a stranger
To need of pity
Or, if compassion be freely
Given out
Take only enough
Stop short of urge to plead
Then purge away the need.

Wish for nothing larger
Than your own small heart
Or greater than a star;
Tame wild disappointment
With caress unmoved and cold
Make of it a parka
For your soul.

Discover the reason why
So tiny human giant
Exists at all
So scared unwise
But expect nothing. Live frugally
On surprise.

## ERWARTE NICHTS

Erwarte nichts. Lebe genügsam
Von Überraschungen.
Entfremde dich
Dem Bedürfnis nach Mitleid
Wenn aber Mitgefühl freizügig
Gegeben wird
Nimm nicht zuviel
Gib dem Drang nach Bitten nicht nach
Dann befreie dich vom Verlangen.

Wünsche nichts Größeres
Als dein eigenes kleines Herz
Oder als ein Stern;
Zähme wilde Enttäuschung
Mit ungerührtem kühlen Streicheln
Mache daraus einen Parka
Für deine Seele.

Finde den Grund heraus warum
So winzige menschliche Riesen
Überhaupt existieren
So verängstigt unvernünftig
Aber erwarte nichts. Lebe genügsam
Von Überraschungen.

## BE NOBODY'S DARLING

*for Julius Lester*

Be nobody's darling;
Be an outcast.
Take the contradictions
Of your life
And wrap around
You like a shawl,
To parry stones
To keep you warm.

Watch the people succumb
To madness
With ample cheer;
Let them look askance at you
And you askance reply.

Be an outcast;
Be pleased to walk alone
(Uncool)
Or line the crowded
River beds
With other impetuous
Fools

## SEI NIEMANDS LIEBLING

*für Julius Lester*

Sei niemands Liebling;
Sei ein Geächteter.
Nimm die Widersprüche
Deines Lebens
Und lege sie dir um
Wie einen Schal
Der dich vor Steinen
Und der Kälte schützt.

Sieh dir die Menschen an
Wie sie voll Heiterkeit
Dem Wahnsinn erliegen;
Laß sie dich schief anschauen
Und gib den schiefen Blick zurück.

Sei ein Geächteter;
Geh froh allein
(Nicht cool)
Oder säume die überfüllten
Flußbetten
Gemeinsam mit anderen stürmischen
Idioten.

Make a merry gathering
On the bank
Where thousands perished
For brave hurt words
*They* said.

Be nobody's darling;
Be an outcast.
Qualified to live
Among your dead.

Veranstalte ein fröhliches Treffen
Am Ufer
Wo schon Tausende
Wegen kühner gekränkter Worte
Die *sie* sagten umgekommen sind.

Sei niemandes Liebling;
Sei ein Geächteter.
Tauglich zum Leben
Unter deinen Toten.

## REASSURANCE

I must love the questions
themselves
as Rilke said
like locked rooms
full of treasure
to which my blind
and groping key
does not yet fit.

## ERMUTIGUNG

Ich muß die Fragen
um ihrer selbst willen lieben
wie Rilke sagt
wie verschlossene Räume
voller Schätze
zu welchen mein blinder
tastender Schlüssel
noch nicht paßt.

and await the answers
as unsealed
letters
mailed with dubious intent
and written in a very foreign
tongue.

und die Antworten erwarten
wie unversiegelte
Briefe
abgeschickt mit zweifelhafter Absicht
und geschrieben in einer sehr fremden
Sprache.

and in the hourly making
of myself
no thought of Time
to force, to squeeze
the space
I grow into.

und in stündlicher Erschaffung
meiner selbst
ohne durch Gedanken an die Zeit
den Raum
zu bedrängen, einzuengen
in den hinein ich wachse.

## NOTHING IS RIGHT

Nothing is right
that does not work.
We have believed it all:
improvement, progress,
bigger, better, immediate,
fast.
The whole Junk.

It was our essence that
never worked.
We hasten to eradicate
ourselves.

Consider the years
of rage and wrench and
mug.
What was it kept
the eyes alive?
Declined to outmode
the
hug?

## NICHTS IST RICHTIG

Nichts ist richtig
was nicht funktioniert.
Wir haben alles geglaubt:
Aufklärung, Fortschritt,
größer, besser, sofort,
schnell.
Den ganzen Ramsch.

Es war unser Wesen was
nie funktionierte.
Wir haben es eilig
Uns selbst auszurotten.

Bedenke die Jahre
der Wut und der Verrenkungen und
Grimassen.
Was eigentlich hielt
die Augen lebendig?
Lehnte es ab
die Umarmung
aus der Mode zu bringen?

# KREUZIGUNGEN

*Ich bin weder Idealist noch Zyniker, sondern habe lediglich keine Angst vor Widersprüchen. Ich habe Gesichter von Männern gesehen, die beide recht hatten, und doch war jeder von ihnen entschlossen, den anderen zu töten, was falsch war.*

*Was jeder der Männer gesehen hatte, war ein Bild des Gegenübers, das ein anderer gemacht hatte. Wir sind alle Gefangene dieses Vorgangs.*

– Ein intimes Vermächtnis von Donald Hogan, *Harper's Magazine*, Januar 1972

## THE GIRL WHO DIED # 1

«Look!» she cried.
«I am not perfect
but still your sister.
*Love me!*»
But the mob beat her und kicked her
and shaved her head;
until she saw exactly
how wrong she was.

## DAS MÄDCHEN DAS STARB NR. 1

«Schaut her!» rief sie.
«Ich bin nicht vollkommen
aber dennoch eure Schwester.
*Liebt mich!*»
Aber die Meute schlug und trat sie
und schor ihr den Kopf;
bis sie genau sah
wie unrecht sie hatte.

## THE GIRL WHO DIED # 2

*/ for d. p.*

No doubt she was a singer
of naughty verse
and hated judgments
(black and otherwise)
and wove a life
of stunning contradiction,
was driven mad
by obvious
professions
and the word
«sister»
hissed by snakes
belly-low,
poisonous,
in the grass.
Waiting with sex
or tongue
to strike.

Behold the brothers!

## DAS MÄDCHEN DAS STARB NR. 2

*für d. p.*

Ohne Zweifel war sie Sängerin
liederlicher Verse
und verhaßter Urteile
(schwarzer und anderer)
und wob sich ein Leben
verblüffender Widersprüche,
wahnsinnig machten sie
banale
Bekenntnisse
und das Wort
«Schwester»
gezischt von Schlangen
in Gürtelhöhe,
giftig,
im Gras.
Auf der Lauer, mit Sex
oder der Zunge
zu treffen.

Seht euch die Brüder an!

They strut behind
the casket
wan and sad
and murderous.
Thinking whom
to blame
for making this girl
die
alone, lashed
denied
into her room.

This girl who would not lie;
and was not born
to be «correct.»

Sie stolzieren hinter
dem Sarg einher
düster und traurig
und mörderisch.
Und versuchen herauszufinden
wer die Schuld
am einsamen Tod
des in ihr Zimmer
vertriebenen
verleugneten Mädchens
trägt.

Dieses Mädchens, das nicht lügen mochte;
und nicht geboren war
um «korrekt» zu sein.

## THE OLD WARRIOR TERROR

Did you hear?
After everything
the Old Warrior Terror
died a natural death at home,
in bed.
Just reward
for having proclaimed abroad
that True Believers never
doubt;
True Revolutionaries never
smile.

## DER ALTE KRIEGER TERROR

Habt ihr es gehört?
Nach allen seinen Taten
starb der Alte Krieger Terror
eines natürlichen Tods daheim,
im Bett.
Gerechter Lohn
für die im Ausland verbreitete Botschaft
daß wahre Gläubige niemals
zweifeln;
Wahre Revolutionäre niemals
lächeln.

## HE SAID COME

He said come
Let me exploit you;
Somebody must do it
And wouldn't you
Prefer a brother?
Come, show me your
Face,
All scarred with tears;
Unburden your heart –
Before the opportunity
Passes away.

## ER SAGTE KOMM

Er sagte komm
Laß mich dich ausbeuten;
Jemand muß es tun
Und würdest du nicht einem Bruder
Den Vorzug geben?
Komm her, zeig mir dein
Von Tränen verunstaltetes
Gesicht;
Schütte dein Herz aus –
Bevor die Gelegenheit
vorüber ist.

# MYSTERIEN

*... Oder vielleicht ist der Zweck unseres Hierseins, wo wir uns auch befinden, die Dauerhaftigkeit und die Chancen von Liebe zwischen Völkern zu verstärken. Liebe als die Verdichtung von gütiger Anteilnahme und zärtlicher Erregung, oder Liebe als Grund zur Freude. Ich glaube, daß die Liebe der einzige, wahre Reichtum jeden Augenblicks ist und daß wer oder was immer die Entwicklung der Liebesfähigkeit behindert, verringert und der Lächerlichkeit preisgibt, hassenswert/im Unrecht ist.*

– June Jordan

## MYSTERIES

Your eyes are widely open flowers.
Only their centers are darkly clenched
To conceal Mysteries
That lure me to a keener blooming
Than I know.
And promise a secret
I must have.

## MYSTERIEN

Deine Augen sind weit geöffnete Blumen
Nur ihre Mitten bleiben dunkel und starr
Um Mysterien zu wahren
Die mich zu heftigerem Blühen verlocken
Als ich weiß.
Und mir ein Geheimnis versprechen
Das ich besitzen muß.

I

the gift he gave unknowing
she already had
though feebly
lost
a planted thing
within herself
scarcely green
nearly severed

till he came

a magic root
sleeping beneath
branches
long grown wild.

I

das Geschenk das er ohne sein Wissen gab
hatte sie schon einmal
wenn auch schwach
verloren
etwas ihr
Eingepflanztes
kärglich grünend
fast durchtrennt

bis er kam

eine Wunderwurzel
schlafend unter
lange wild gewachsenen
Ästen.

11

and when she thought of him
seated in the dentist's chair
she thought she unterstood
the hole she
discovered through
her tongue
as mysteries in
separate boxes
the space between them
charged
waiting till the feeling
should return.

11

und wenn sie auf dem Zahnarztstuhl
an ihn dachte
glaubte sie
sie verstünde das Loch
das ihre Zunge
entdeckte
wie Geheimnisse in
getrennten Kästen
der Zwischenraum
geladen
mit Warten
auf die Rückkehr des Gefühls.

III

but she was known to be
unwise
and lovesick lover of motionless
things
wood and bits of clever
stone
a tree she cared for swayed overhead
in swoon
but would not follow
her.

III

doch sie war bekannt als
unkluge
und liebeskranke Liebhaberin unbewegter
Dinge
Holz und Splitter klugen
Steins
ein Baum den sie schätzte schwankte
hingerissen über ihrem Kopf
doch folgen wollte er
ihr nicht.

## IV

and his fingers peeled
the coolness off
her mind
his flower eyes crushed her
till
she bled.

IV

und seine Finger schälten
die Kälte
von ihrer Seele
seine Blumenaugen bedrängten sie
bis
sie blutete.

## GIFT

You intend no doubt
to give me nothing,
and are not aware
the gift has already been
received.
Curse me then,
and take away
the spell.
For I am rich;
no cheap and ragged
beggar
but a queen,
to rouse the king
I need in you.

## GESCHENK

Du hast gewiß die Absicht
mir nichts zu geben
und merkst nicht daß
das Geschenk bereits
empfangen wurde.
Verwünsche mich also
und nimm
den Bann von mir.
Denn ich bin reich;
keine armselige, verlumpte
Bettlerin
sondern eine Königin,
um den König den ich brauche
in dir aufzurütteln.

## CLUTTER-UP PEOPLE

The odd stillness of your body
excites a madness
in me.
I burn to know what it is like
awake.
Arching, rolling
across
my sky.
Your quiet litheness
as you move across the room is
a drug
that pulls me
under;
your leaving slays me.
Clutter-up people
casually track
the immaculate
corridor/passion
of my death
and blacken the empty air
with talk of war,
and other too comprehensible
things.

## GETÖSE-MENSCHEN

Die sonderbare Reglosigkeit deines Körpers
erregt Tollheit
in mir.
Ich brenne darauf
ihn wach zu kennen.
Gewölbt und wogend
über
meinem Himmel.
Deine leise Geschmeidigkeit
wenn du den Raum durchquerst ist
eine Droge
die mich
niederwirft;
dein Fortgehen tötet mich.
Getöse-Menschen
folgen lässig
dem unbefleckten
Passionsweg
meines Todes
und verdüstern die leere Atmosphäre
mit Gerede über Krieg
und anderen allzu verständlichen
Dingen.

## WILL

It does not impress me that I have
a mind.
Chance amuses me.
Coincidence makes me laugh
out loud.
Fate weighs me down
too heavy.

When I can't bear not seeing
you another second.
I send out my
*will*;
when it brings us face to
face,
*there's* an invisible power
I respect!

## WILLE

Daß ich einen Verstand habe, macht
auf mich keinen Eindruck.
Unvorhergesehenes amüsiert mich.
Zufälle reizen mich zu lautem
Gelächter.
Die Bestimmung lastet allzu
niederdrückend auf mir.

Wenn ich es nicht ertragen kann dich
auch nur eine Sekunde länger nicht zu sehen
sende ich meinen
*Willen* aus;
wenn er uns Angesicht zu
Angesicht zusammenbringt –
*das* ist mir eine unsichtbare Macht
wie ich sie schätze!

## STORM

Throughout the storm and party
you chose to act the child
a two-year-old as distant as
the moon.
But our thunder and lightning God
obscured the age,
revealed the play,
and distinctly your age-old glance
shook the room.

## GEWITTER

Während des Gewitters und der gesamten Party
verhieltst du dich entschlossen wie ein Kind
zweijährig und so fern wie
der Mond.
Doch unser Donner-und-Blitz-Gott
verhüllte das Alter,
offenbarte das Spiel,
und dein uralter Blick
erschüttert deutlich den Raum.

## FORBIDDEN THINGS

They say you are not for me,
and I try, in my resolved but
barely turning brain,
to know «they» do not matter,
these relics of past disasters
in march against the rebellion
of our time.

They will fail;
as all the others have:
for our fate *will not* be this:
to smile and salute the pain,
to limp behind their steel boot
of happiness,
grieving for forbidden things.

## VERBOTENE DINGE

Sie sagen, du bist nicht für mich,
und ich versuche mit entschlossenem, jedoch
kaum funktionierendem Kopf
mir klarzumachen, daß «sie» nicht zählen
diese Relikte vergangener Katastrophen
im Aufmarsch gegen die Rebellion
unserer Zeit.

Sie werden scheitern;
wie all die anderen zuvor:
denn unser Schicksal *wird nicht* dieses sein:
lächelnd den Schmerz zu begrüßen
ihrem Stahlstiefelglück
hinterherzuhinken
und sich nach verbotenen Dingen zu verzehren.

## NO FIXED PLACE

Go where you will.
Take the long lashes
that guard your eyes
and sweep a path
across this earth;
but see if it is not true
that voluptuous blood,
though held to the tinkling
quiet of a choked back
stream,
will yet rush out
to aid shy love,
and flood out the brain
to make a clean
and sacred place
for itself;
though there is no fixed place
on earth for man
or woman.
It will not help
that you believe
in miracles.

## KEIN FESTER ORT

Geh wohin du willst.
Nimm die langen Wimpern
die deine Augen schützen
und fege einen Pfad
durch diese Welt;
aber achte darauf ob es nicht wahr ist
daß wollüstiges Blut,
auch solches von der schöntönenden Ruhe
eines zurückgezwungenen
Stromes,
dennoch hervorschießt
um scheuer Liebe beizustehen
und das Hirn fortschwemmt
um einen sauberen
und heiligen Ort
für sich selbst zu schaffen;
auch wenn es keinen festen Ort
gibt auf Erden für Mann
oder Frau.
Es wird nichts helfen
daß du an Wunder
glaubst.

## NEW FACE

I have learned not to worry about love;
but to honor its coming
with all my heart.
To examine the dark mysteries
of the blood
with headless heed and
swirl,
to know the rush of feelings
swift und flowing
as water.
The source appears to be
some inexhaustible
spring
within our twin and triple
selves;
the new face I turn up
to you
no one else on earth
has ever
seen.

## NEUES GESICHT

Ich habe gelernt mich um Liebe nicht zu sorgen;
sondern ihr Erscheinen mit ganzem Herzen
zu ehren.
Die dunklen Geheimnisse
des Blutes zu erforschen
kopflos und schwindlig
auf der Hut,
um den Anschwall der Gefühle zu wissen
rasch fließend
wie Wasser.
Die Quelle scheint
ein unerschöpflicher
Brunnen
in unseren zwei- und dreifachen
Ichs zu sein;
das neue Gesicht das ich
dir zuwende
hat noch kein anderer auf der Welt
jemals
gesehen.

## WHILE LOVE IS UNFASHIONABLE

*for Mel*

While love is unfashionable
let us live
unfashionably.
Seeing the world
a complex ball
in small hands;
love our blackest garment.
Let us be poor
in all but truth, and courage
handed down
by the old
spirits.
Let us be intimate with
ancestral ghosts
and music
of the undead.

While love is dangerous
let us walk bareheaded
beside the Great River.
Let us gather blossoms
under fire.

## SOLANGE LIEBE AUSSER MODE IST

*für Mel*

Solange Liebe außer Mode ist
laß uns unmodern
leben.
Die Welt als
einen vielschichtigen Ball
in kleinen Händen
betrachten;
unsere schwärzeste Kleidung lieben.
Laß uns arm sein
an allem außer Wahrheit, und Mut
empfangen von
den alten Geistern.
Laß uns vertraut sein mit
den Geistern der Ahnen
und der Musik
der Untoten.

Solange Liebe gefährlich ist
laß uns barhäuptig am
Großen Fluß entlanggehen.
Laß uns Blüten sammeln
unter Feuer.

## BEYOND WHAT

We reach for destinies beyond
what we have come to know
and in the romantic hush
of promises
perceive each
the other's life
as known mystery.
Shared. But inviolate.
No melting. No squeezing
into One.
We swing our eyes around
as well as side to side
to see the world.

To choose, renounce,
this, or that –
call it a council between equals
call it love.

## JENSEITS WOVON

Wir streben nach einem Schicksal jenseits
dessen, was wir kennen
und im romantischen Verstummen
von Versprechen
nimmt jeder von uns
das Leben des anderen
als offenes Geheimnis wahr.
Geteilt. Doch unberührt.
Nicht verschmelzend. Nicht
verschlammend zu Einem.
Wir lassen die Blicke ebenso umher
wie Seite an Seite schweifen
um die Welt zu sehen.

Zu wählen, zu verwerfen
dieses, oder das –
nenn es einen Rat von Gleichen
nenn es Liebe.

## THE NATURE OF THIS FLOWER IS TO BLOOM

Rebellious. Living.
Against the Elemental Crush.
A Song of Color
Blooming
For Deserving Eyes.
Blooming Gloriously
For its Self.

*Revolutionary Petunia.*

## DIE BESTIMMUNG DIESER BLUME IST ZU BLÜHEN

Rebellisch. Lebend.
Wider den elementaren Druck.
Ein farbiger Song
Erblühend für Augen
Die es verdienen.
Glorreich blühend
Für sich selbst.

*Revolutionäre Petunie.*

# EDITORISCHE NACHBEMERKUNG

Dieser zweisprachige Band, dem ein zweiter folgen wird, enthält die große Mehrzahl der im ersten Teil der amerikanischen Ausgabe *Her Blue Body Everything We Know* gesammelt veröffentlichten Gedichte von Alice Walker; jene also, die ursprünglich in zwei amerikanischen Bänden unter den Titeln *Once* und *Revolutionary Petunias & Other Poems* erschienen.

Aus Gründen des Umfangs und der Übertragbarkeit wurden in den vorliegenden Band einige Texte nicht aufgenommen, deren Titel beziehungsweise Anfangszeilen wir auf Wunsch von Alice Walker hier nennen:

«Love», «Karamojans», «Chic Freedom's Reflection», «South: The Name of Home», «Hymn», «They Who Feel Death», «On being asked to leave a place of Honor for one of comfort, preferably in the northern suburbs», «Compulsory Chapel», «To the Man in the Yellow Terry», «The Kiss», «Johann», «The Smell of Lebanon», «ballad of the brown girl», «Excuse», «to die before one wakes must be glad», «The Take a Little Nip», «Sunday School, Circa 1950», «Eagle Rock», «Baptism», «J. My Good Friend (another foolish innocent)», «View from Rosehill Cemetery: Vicksburg», «Black Mail», «Lonely Particular», «Perfection», «Ending», «Lost My Voice? Of Course», «Judge Every One with Perfect Calm», «The QPP», «Thief», «Rage», «What the Finger Writes».

# INHALT